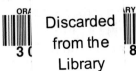
roman noir

D1431447

Dominique et Compagnie

Sous la direction de

Agnès Huguet

Camille Bouchard

Les voyages de Nicolas

Cauchemar en Éthiopie

Illustrations

Normand Cousineau

Catalogage avant publication
de Bibliothèque et Archives
nationales du Québec et
Bibliothèque et Archives Canada

Bouchard, Camille, 1955-
Cauchemar en Éthiopie
(Les voyages de Nicolas)
(Roman noir)
Pour enfants de 9 ans et plus.

ISBN 978-2-89512-956-1
I. Cousineau, Normand. II. Titre.
III. Collection: Bouchard, Camille,
1955- . Voyages de Nicolas.
IV. Collection: Roman noir.

PS8553.O756C38 2011 jC843'.54 C2010-941391-1
PS9553.O756C38 2011
Dépôts légaux: 1er trimestre 2011
Bibliothèque et Archives nationales
du Québec
Bibliothèque nationale du Canada
Bibliothèque nationale de France

ISBN 978-2-89512-956-1
Imprimé au Canada

10 9 8 7 6 5 4 3 2 1

Direction de la collection
et direction artistique:
Agnès Huguet
Conception graphique:
Primeau Barey
Révision et correction:
Danielle Patenaude

Dominique et compagnie
300, rue Arran
Saint-Lambert (Québec)
J4R 1K5 Canada
Téléphone: 514 875-0327
Télécopieur: 450 672-5448
Courriel:
dominiqueetcie@editionsheritage.com
Site Internet:
dominiqueetcompagnie.com

Nous remercions le Conseil des Arts
du Canada de l'aide accordée à notre
programme de publication. Nous reconnaissons l'aide financière du gouvernement du Canada par l'entremise du
Programme d'aide au développement
de l'industrie de l'édition (PADIÉ) pour
nos activités d'édition.

Nous reconnaissons l'aide financière du
gouvernement du Québec par l'entremise du Programme de crédit d'impôt
pour l'édition de livres – SODEC – et du
Programme d'aide aux entreprises du
livre et de l'édition spécialisée.

À mes amis disparus
Jacques Harvey, Lise Métivier
et Alain Tremblay

Prologue

Je m'appelle Nicolas; j'ai dix ans. Je suis québécois, mais je vis à l'étranger. Depuis plus d'un an, mon père et ma mère ont entrepris de faire le tour du monde. Il me semble que cela fait une éternité que nous sommes partis. Il m'arrive même de penser que le Québec n'existe plus; que mes souvenirs de là-bas ne sont qu'un rêve.

Nous restons quelques semaines dans chaque pays que nous visitons. Parfois dans les grandes villes, parfois dans les villages. Mon père est ingénieur et travaille pour une firme importante. On lui offre des contrats ici et là au cours de notre périple. Le plus souvent, ma mère se déniche aussi un emploi lorsque nous nous installons quelque part. Puisque je n'ai ni frère ni sœur, je me retrouve plusieurs heures par jour seul avec une gouvernante ou avec un professeur particulier.

Quelquefois, je parle à mes grands-parents au téléphone. Pour moi, ils ne sont plus qu'une voix sans visage. Une voix au timbre éraillé par la distance et les mauvaises lignes téléphoniques. Il y a bien ces photos d'eux que maman place toujours en évidence dans nos nouvelles demeures. Mais ces regards fixes ne paraissent pas appartenir à des êtres que j'ai connus.

J'ai aussi une photo de moi en train de jouer dans la neige. Un cliché pris alors que je n'avais pas huit ans. On dirait que ce n'est pas moi. Je ne me reconnais pas et je ne reconnais pas ces paysages d'hiver. Je n'ai pas vu de neige depuis si longtemps.

Chaque fois que nous débarquons dans un nouveau pays, je découvre un monde inconnu et fascinant. Un univers différent de celui que je viens de quitter.

C'est comme naître plusieurs fois dans une même vie.

Chapitre 1

Dans la capitale éthiopienne

La tête de ma mère s'agite sur l'écran de l'ordinateur. Elle est contrariée. Papa et moi pouvons distinguer derrière elle le rideau usé de sa chambre, à Djibouti[1]. Elle l'a tiré pour masquer la lumière trop vive de la fenêtre qui, autrement, produirait des reflets sur son moniteur. De notre côté, nous sommes face à la large porte vitrée de notre studio en Éthiopie. Nos visages sont très éclairés, donc bien visibles à la webcaméra.

---

[1] Pays voisin de l'Éthiopie, en Afrique de l'Est.

– Deux semaines ? s'écrie trop fort maman, ce qui fait grésiller le haut-parleur bon marché de notre portable. Tu m'abandonnes toute seule dans cet hôtel minable pendant deux semaines ?

– Je suis désolé, réplique papa en tournant un visage contrit vers le petit œil de l'objectif.

– Tu m'avais dit que ton voyage à Addis-Abeba, en Éthiopie, ne prendrait pas plus de deux jours !

papa. *Ato* Eshetu, c'est le grand patron de la firme qui m'emploie. Il se rend justement à Djibouti et c'est lui qui m'a offert d'emmener Nicolas. Il part dès cet après-midi et il accompagnera lui-même notre garçon en voiture de l'aéroport à ton hôtel.

• • •

Ato Eshetu est plutôt grassouillet et son ventre rebondi dilate sa chemise de soie. Ses cheveux sont ras, crépus, assez grisonnants et sa peau est couleur crème brûlée. Il a des joues rondes et lisses qui se gonflent souvent, car il est généreux de sourires. Je le trouve immédiatement sympathique.

À l'inverse, Tedeneke, le pilote, me paraît froid et indifférent. C'est à peine s'il me regarde quand *ato* Eshetu lui dit que je les accompagne à bord du petit bimoteur. Pendant que nous montons dans l'appareil, les deux hommes amorcent la conversation en amharique. Puis, le grand patron de la firme pour laquelle travaillera mon père demande à son employé d'utiliser l'anglais.

– Par respect pour notre jeune invité, précise *ato* Eshetu.

En guise de réponse, Tedeneke hausse les épaules. Cependant, une fois chacun assis sur son siège, je constate qu'il obéit à son chef, car il s'adresse à lui en anglais :

– J'ai demandé un plan de vol qui ne va pas en ligne droite vers Djibouti, mais qui passe plutôt par Dessie[2].

– Pourquoi ? demande *ato* Eshetu.

---

[2] Ville située au nord-est d'Addis-Abeba, la capitale de l'Éthiopie.

Tedeneke est petit, maigrichon, et on dirait que ses bras sont trop longs pour son corps. Avant de répondre, il place un casque d'écoute sur sa casquette aux couleurs d'une équipe de baseball américaine.

– Pour deux raisons, dit-il. Il faudra refaire le plein d'essence et aussi effectuer une petite réparation au moteur. Ici, les mécaniciens n'ont pas la pièce. J'ai vérifié avec les gars de l'aéroport de Dessie : je pourrai me la procurer là-bas.

– On sera arrêtés longtemps ? s'inquiète le patron de mon père.

– Non, ne vous en faites pas, monsieur. Une demi-heure au maximum.

• • •

Ato Eshetu regarde sa montre pour la trentième fois. Il passe un mouchoir

17

sur son front moite de sueurs. Il faut dire que, dans le petit aéroport de Dessie, la climatisation est inexistante. Nous sommes à la merci des ardeurs du soleil africain qui nous brûle derrière les fenêtres poussiéreuses.

– Je suis fatigué d'attendre, dit l'homme en se levant du banc inconfortable où nous sommes assis. Tedeneke, va t'informer si le mécanicien en a encore pour longtemps.

Le pilote part en maugréant dans sa langue. *Ato* Eshetu se rassoit en poussant un profond soupir. Il me regarde et dit :

– Ça, c'est l'Afrique. Les gens ne sont jamais pressés.

Je souris pour l'encourager tout en cherchant un sujet de conversation pour le distraire un peu. Je lui fais alors remarquer que la grande horloge suspendue au-dessus du kiosque à journaux retarde de six heures.

– On dirait qu'elle s'est arrêtée.

Ato Eshetu s'esclaffe.

– Mais non, dit-il, son gros ventre secoué par le rire. Ici, en Éthiopie, on indique l'heure différemment.

Je fronce les sourcils en signe d'incompréhension. L'homme m'explique :

– L'heure zéro est basée sur le coucher du Soleil et non pas à minuit, comme

pour vous. Ainsi, quand les Occiden-
taux considèrent qu'il est dix-neuf
heures, nous, nous disons plutôt qu'il
est une heure du soir.

– Même s'il s'agit de la même heure ?

– Voilà. À minuit, nous, nous préfé-
rons affirmer qu'il est six heures du soir,
car ça fait plus ou moins six heures
que le Soleil est couché. À midi, il est
six heures du jour pour nous. À quinze
heures pour toi...

Ato Eshetu s'interrompt en voyant
réapparaître le pilote.

– Eh bien ? demande-t-il aussitôt.

– C'est terminé depuis longtemps,
répond Tedeneke. On m'a dit que le
mécanicien était parti. On a oublié de
nous aviser.

Le patron de mon père se lève et
frappe ses paumes l'une contre l'autre.
J'ignore si c'est par dépit ou par soula-

gement. Il me retourne une expression chagrinée en m'entraînant avec lui en direction de l'avion.

– Ça aussi, c'est l'Afrique, lâche-t-il, fataliste.

Chapitre 2

Le *crash* !

Notre petit avion survole un paysage complètement désolé. Je ne vois que de la pierraille, du sable, des collines rocheuses, et, parfois, une touffe d'herbe sèche ou un arbuste esseulé.

– La dépression du Danakil est l'une des zones les plus arides de la planète, me dit *ato* Eshetu en criant, car le bruit du moteur est assourdissant.

– Vraiment ? que je réplique comme si cela m'étonnait – mais ça ne me surprend pas du tout.

– Plus au nord, là-bas, poursuit-il en m'indiquant la direction de son gros doigt boudiné, le désert se trouve au-dessous du niveau de la mer. Tu te rends compte ?

Je siffle pour marquer mon ébahissement, quoique je ne comprenne pas tout à fait ce que cela implique. *Ato* Eshetu précise :

— Tu remarques ces longues étendues blanches au loin ? On dirait la neige de ton pays, mais ne t'y trompe pas, Nicolas. C'est du sel. Jusqu'à deux mille mètres d'épaisseur. Oui, oui, deux kilomètres de profondeur ! Tu imagines ? Tout ce sel a surgi quand une ancienne mer s'est évaporée, il y a...

Il fait une moue en avançant ses lèvres et poursuit :

— Il y a très longtemps. Des millions d'années, probablement.

— Il y fait chaud ?

Ato Eshetu éclate d'un gros rire, les mains sur son ventre.

– Chaud ? répète-t-il. Mon garçon, imagine-toi qu'on a déjà trouvé des bouteilles vides dans ce désert, tordues sous l'effet de la chaleur !

Sa réplique me donne envie de boire à la bouteille qui est attachée à ma pochette ceinture. Je vais lui demander s'il est sérieux quand je note que le pilote a tourné vers nous une mine troublée. Malgré sa peau noire, on peut constater qu'il a blêmi.

– Eh bien ? lui demande *ato* Eshetu, en criant toujours. Que se passe-t-il ?

Tedeneke ouvre de grands yeux blancs. Il garde une main sur les écouteurs qui lui enserrent le crâne.

– La tour de contrôle de Dessie vient... vient de m'aviser que... que le mécanicien...

– Quoi, le mécanicien ? s'impatiente le patron de mon père.

– Il... il n'a jamais ouvert le capot de l'avion.

– Que dis-tu ? s'étrangle *ato* Eshetu.

Tedeneke se mordille les lèvres avant de répondre :

– Le mécanicien a plutôt travaillé sur un autre appareil parce que ce client-là l'aurait mieux payé. C'est après, en voulant enfin s'occuper de notre avion, qu'il a constaté qu'on était partis.

Je n'ai pas le temps de me demander si cela pose un problème grave que je vois s'effondrer le visage d'*ato* Eshetu.

– Est-ce... est-ce qu'on peut se rendre à Djibouti avant que... que..., balbutie-t-il à l'intention de son pilote.

Ce dernier s'apprête à répliquer quand le moteur se met à crachoter. Il

nous tourne aussitôt le dos pour re-
prendre les commandes de l'appareil.

– Attache-toi ! me lance le patron de
mon père en bouclant sa ceinture avec
des gestes nerveux. Attache-toi, vite !

– C'est... c'est grave, monsieur, vous
croyez ?

Je viens à peine d'enclencher le mécanisme de ma ceinture de sécurité quand l'avion est vivement secoué. J'entends comme un grincement de métal, puis je constate que ce n'est plus le ciel que l'on aperçoit par le pare-brise du cockpit, mais la pierraille du Danakil.

Et elle approche à une vitesse fulgurante !

• • •

J'ai un peu mal à la tête, mais je ne sais pas pourquoi. Ou je ne m'en souviens plus. Je ressens aussi une douleur à l'épaule et au ventre... Ah, oui ! Ma ceinture de sécurité m'a serré un peu fort quand... quand quoi, déjà ?

L'accident ! Le *crash* de l'avion !

J'ouvre les yeux et, autour de moi,

c'est un univers de tôle froissée, de vitres éclatées, de poussière, de sable…

Ma banquette est si inclinée que je suis à demi suspendu dans les airs, retenu par ma ceinture de sécurité. Le banc d'*ato* Eshetu s'est séparé du mien et le gros homme, encore attaché, repose sur le dos à deux mètres de moi. Je vois ses jambes pointer vers le plafond cabossé. Toute la carlingue est tordue.

La cabine de pilotage s'est ouverte sous l'impact. Horrifié, je constate que Tedeneke, toujours fixé à son siège, a été éjecté de l'avion. Il repose plus loin, immobile, dans les cailloux.

– Monsieur Eshetu ? Monsieur ?

Je déboucle ma ceinture et me remets debout. Même si mes jambes tremblent, je ne suis pas blessé. On ne peut pas en dire autant du patron de mon père. Je ressens une forte émotion quand je vois le sang sur le côté de sa tête.

– Monsieur Eshetu ?

– Hm... hmm ?

Il gémit ! Au moins, il n'est pas mort !

– Monsieur Eshetu ?

– Ni... Nicolas, tu... tu vas bien ?

– Oui, monsieur. Je ne suis pas blessé. Et vous ?

Tandis que je m'affaire à déboucler sa ceinture, il me répond, une main sur son crâne.

– Je crois que... que... Aaaah !

Je recule d'un pas, effrayé.

– Je vous ai fait mal, monsieur Eshetu ?

– Non, Nicolas. C'est mon dos. Oh, que j'ai mal au dos ! Je ne peux plus me lever.

– Appuyez-vous sur moi, nous allons sortir de là...

Au moment où je me penche afin qu'il passe un bras sur mes épaules, je regarde machinalement vers un hublot arrière. Je vois une aile et son moteur repliés contre la carlingue. Une épaisse fumée s'en échappe. Horreur !

– Il... il y a le feu !

En prononçant ces mots, je distingue les flammes qui lèchent la tôle et pénètrent par des trous. L'incendie s'attaque à l'intérieur de l'appareil.

– Vite, monsieur ! Il faut sortir d'ici.

Dans un effort surhumain, je parviens à tirer le gros homme hors de l'avion avant que le brasier n'atteigne l'avant de la carlingue, là où nous nous trouvions. Heureusement que le pilote a été éjecté sous le choc, car je n'aurais plus ni la force ni le temps de le sauver des flammes à son tour.

Je mets quelques secondes avant de constater que la terrible chaleur qui m'écrase ne vient pas de l'incendie, mais du Danakil. Ça donne presque envie de retourner dans le feu pour s'y rafraîchir.

J'abandonne *ato* Eshetu à une quinzaine de mètres de l'avion, entre deux grosses pierres qui lui procurent de l'ombre. Je cours ensuite vers Tedeneke. Je crois tout d'abord qu'il est mort, puis je constate qu'il respire. Il a une vilaine bosse sur le front sans parler de diverses blessures au visage et aux bras. Son oreille droite est à moitié arrachée par ses écouteurs qui, eux, sont restés suspendus au poste de pilotage. Je les vois fondre déjà sous l'effet des flammes.

–Vite, Nicolas ! Vite !

C'est *ato* Eshetu qui crie au loin. Eh ! Je fais mon possible, moi ! Qu'est-ce qui presse tant, maintenant ? Nous sommes hors de portée du feu, non ?

–Vite, Nicolas ! Le réservoir d'essence flambe. L'avion va exploser !

Chapitre 3

Le cauchemar Danakil

Je ne prends même plus la peine de m'acharner sur la boucle de ceinture récalcitrante de Tedeneke. De toutes mes forces de garçon de dix ans, je traîne le pilote encore attaché à son siège jusque derrière un monticule de roches, à dix mètres de l'avion. Il était temps. L'essence prend feu. Dans un fracas à rendre sourd, métal, caoutchouc, vitre et pierraille sont projetés dans les airs. Plusieurs morceaux de l'avion traînent derrière eux une longue queue de fumée noire avant de s'abattre au loin en mugissant. Le rempart de pierre contre lequel je suis à couvert tremble sous les impacts. Je croyais qu'une explosion était instantanée ; celle-ci me paraît durer des heures.

Une fois que les débris ont fini de tomber du ciel et que j'ose enfin redresser la tête, je n'ai qu'une question : est-ce que l'abri où j'avais placé *ato* Eshetu l'a protégé de l'explosion ?

– Mons... monsieur Eshetu ? Vous... allez bien ?

J'entends sa voix provenir de derrière la tôle d'une portière qui, en s'échouant contre les deux pierres où il est réfugié, lui a servi de bouclier.

– Doux Seigneur Jésus, priez pour nous ! lance-t-il.

J'ai oublié de préciser que l'Éthiopie, même si elle est entourée de pays musulmans, est une contrée chrétienne.

•••

– Nous n'avons aucune réserve d'eau, répète *ato* Eshetu pour la centième fois.

Il se parle à lui-même, moitié éveillé, moitié délirant. Il est toujours étendu entre les pierres qui l'ont protégé de l'explosion... et du Soleil qui vient de se coucher.

– Nous n'avons aucune réserve d'eau.

– Mais si, monsieur Eshetu. Il me reste une petite bouteille ici et...

Il pose sa main sur mon bras et m'empêche de retirer la gourde de ma pochette ceinture.

– Garde-la pour toi, mon garçon. Garde-la, car tu vas en avoir drôlement besoin.

Je regarde vers Tedeneke. Après avoir réussi à le détacher de son siège, je l'ai étendu sous un buisson sans feuilles.

Il n'a pas repris connaissance, mais il respire toujours ; je suis allé vérifier à plusieurs reprises. Je le distingue de moins en moins, car il fait sombre. Seul l'avion continue à diffuser la lumière de son incendie qui se meurt.

Ato Eshetu désigne la carcasse de l'appareil d'un geste las.

– Tout notre matériel de communication a été détruit, déplore-t-il : radio, téléphones cellulaires, ordinateurs...

– Il y a sûrement des secouristes qui vont nous retrouver, dis-je en levant la tête vers les premières étoiles.

– Et comment ? Même l'émetteur de signaux de détresse de l'avion doit être détruit depuis l'explosion.

À grand-peine, il conclut à mi-voix :

– Si l'avion possédait bien ce genre d'émetteur, évidemment.

En dépit de l'obscurité, je note qu'il me dévisage intensément.

– Nicolas...

– Oui ?

– Tu dois aller chercher des secours. Nous ne pouvons pas rester à attendre ici. Nous allons tous mourir de chaleur et de soif.

– D'accord, monsieur Eshetu. Je ferai comme vous dites. Dès le lever du Soleil, je vais...

– Non ! Pars tout de suite.

– En pleine nuit ?

– Tu connais l'étoile Polaire ?

Je scrute le ciel. Je ne l'aperçois pas encore, car il fait trop clair, mais je repère la Grande Ourse qui me permettra de la retrouver.

– Je la connais, que je réponds enfin.

– Alors, marche vers elle. Tu dois aller vers le nord, toujours. Avant que l'avion ne s'écrase, sur les bords de la mer de sel, j'ai aperçu des villages de caravaniers. Tu y trouveras de l'aide. Mais c'est loin. Tu auras des kilomètres à marcher. Profite de la fraîcheur de la nuit. N'attends pas le jour. Tu t'épuiserais aussitôt, desséché par le soleil et le désert.

On dirait que ce diable d'homme fait tout pour m'inquiéter. À moins que ce soit pour me faire prendre conscience des responsabilités qui m'échoient. Je comprends de plus en plus que je suis la seule planche de salut qui reste à mes deux compagnons d'infortune.

–Va, je te dis, insiste *ato* Eshetu. Suis la Polaire. Et puis, en te déplaçant la nuit, ce sera plus facile de repérer les feux des campements et des habitations.

–D'accord, monsieur Eshetu, que je dis en me redressant, maintenant chargé de graves obligations.

–À propos, Nicolas, les feux de campement… tu les approches pour demander du secours, mais tu restes prudent.

–Que voulez-vous dire ?

–Il y a beaucoup de bandits dans les environs qui ne seraient que trop contents de s'emparer d'un petit Blanc pour réclamer une forte rançon à ses parents.

– Quoi ? Mais alors…, mais alors, chaleur, soif, désert, bandits… je cours tous les dangers ?

– Oui et non. Tu es brave et intelligent. Si tu es prudent, tu t'en sortiras. Et tu nous sauveras, par la même occasion.

Ce que j'ignore encore à ce moment-là est que le Danakil sera le pire cauchemar de ma vie.

Chapitre 4

La soif

Et je marche longtemps, longtemps, longtemps…

C'est assez facile de m'orienter, car l'étoile Polaire est tout à fait visible et la Lune, presque pleine, fait miroiter la pierraille et le sable du désert.

Curieusement, après avoir eu si chaud durant la journée, maintenant qu'il fait nuit, j'ai froid. Enfin, je ne suis pas glacé, mais il fait assez frisquet pour que je regrette presque la fournaise du jour.

Et je marche.

Pas de lumière, pas de feu, rien qui m'indique la moindre présence humaine sur des kilomètres et des kilomètres.

Et je marche.

La Lune a disparu à l'horizon et les premières étoiles commencent à pâlir quand la fatigue me rattrape vraiment. Avisant un buisson d'épineux, je décide de me reposer un moment sous le couvert de ses branches dénudées.

Épuisé, je m'endors profondément.

•••

C'est un bruit de pas qui me réveille tandis que le Soleil en est déjà au quart de sa course dans le ciel. Ami ou ennemi ? Je n'ose pas me relever trop rapidement de peur de signaler ma présence. J'aime mieux vérifier d'abord qui...

Ma mâchoire tombe de surprise. Devant moi, faisant de grandes enjambées qui soulèvent des nuages de poussière, courent... deux autruches !

Ont-elles seulement eu conscience de ma présence ? Aucune idée. Rapidement, elles se fondent dans la poussière soulevée par le vent.

Je constate alors qu'il fait chaud. Terriblement chaud ! Pire que la veille, près de l'incendie. Je tire la gourde de ma pochette ceinture et la découvre un peu trop légère à mon goût. Je n'aurais peut-être pas dû boire autant pendant la nuit.

Je scrute les quatre horizons et, soudain, mon cœur bondit dans ma poitrine. De l'eau ! Une vaste étendue bleue, brillante et ondulante se distingue à l'ouest. *Ato* Eshetu m'a bien recommandé de marcher vers le nord, mais tant pis ! Si je trouve une mer, un lac, ou même une simple oasis, je trouverai des gens. Ça ne laisse aucun doute. Au diable, le nord !

Et je marche.

Je marche.

L'eau recule à mesure que j'avance et j'en suis à la fin de ma bouteille quand je comprends enfin que je me dirige en direction d'un mirage. C'était une mauvaise idée. J'aurais dû continuer vers le nord. Toujours le nord.

Comme m'avait indiqué *ato* Eshetu. Et je ne l'ai pas écouté. Pourvu que lui et Tedeneke ne soient pas déjà morts de soif. Je dois revenir dans la direction proposée.

Alors, je marche.

Je marche.

La tête me brûle. J'enlève ma chemise et la noue sur mon crâne en guise de chapeau.

Maintenant, ce sont les épaules et le dos qui me brûlent. Je n'ai plus rien pour me protéger du soleil.

Et j'ai si soif. Si faim.

Une grosse pierre en surplomb sur le versant oriental d'un petit monticule offre une ombre invitante. Je décide de m'étendre sous sa protection en attendant la nuit. Je reprendrai ma route quand il fera plus frais.

Si je ne m'écroule pas de soif avant.

Le soir venu, je ne suis pas mort, mais j'ai tellement envie de boire que j'en pleurerais. Pas question toutefois que je gaspille de l'eau précieuse en larmes. Je mets un caillou sur ma langue et entreprends de le sucer. La salive humecte ma bouche et ça m'apaise.

Je repère l'étoile Polaire et me dirige de nouveau vers elle. Cette fois, je ne dévierai pas de ma route. Oh! pardonnez-moi, *ato* Eshetu. Ne mourez pas par ma faute.

À droite, un mouvement me surprend. Sous la lumière de la Lune, je repère deux gazelles qui bondissent contre le violet de l'horizon. Et un zèbre aussi. Ces animaux fuient-ils un prédateur? Une hyène, par exemple? Pire, un lion! Si je ne m'éloigne pas assez vite, c'est moi qui risque de devenir la prochaine proie.

Aussi, je marche.

Je marche.

Ce sont des chèvres qui finissent par attirer mon attention. Les étoiles ont disparu et le Soleil est sur le point de déverser son feu dans la plaine. À trois cent mètres, elles sont quatre ou cinq penchées en avant jusqu'à toucher le sol. Je ne vois qu'une raison à une telle posture : elles boivent ! Il y a de l'eau devant moi !

Le peu d'énergie qui me reste, je l'emploie à courir. Courir jusqu'à une mare boueuse dans laquelle pataugent les bêtes. Et pourtant, ça me paraît le plus magnifique, le plus splendide lac d'eau pure. Je m'y lance avec volupté au milieu des bêlements.

Je bois d'abord en plongeant mon visage dans la mare, puis avec mes mains en coupe puis, enfin, en remplissant ma gourde. En temps normal, ma mère m'interdirait de toucher à cette eau avant de l'avoir soigneusement purifiée avec un filtre ou avec des pastilles prévues à cet effet. Mais ce n'est pas une situation normale, n'est-ce pas, maman ? Je dois prendre le risque d'être très malade, sinon je mourrai de soif, et personne ne portera secours à *ato* Eshetu et à Tedeneke.

Je m'assois sur une pierre et m'efforce de réfléchir. Ce trou vaseux est sans doute le puits d'une famille de paysans, voire d'un village entier, et ces chèvres appartiennent… à quelqu'un.

Donc, avec un peu de chance, je devrais pouvoir trouver une personne dans les environs qui me viendra en aide. Je regarde à l'est le Soleil qui surgit de l'horizon en répandant sa lumière et sa furie sur la pierraille. En peu de temps, le Danakil se met à chauffer à la manière d'une poêle à frire.

– Allez, les filles ! que je lance aux chèvres en voyant qu'elles ont bu tout leur soûl et qu'elles folâtrent un peu. Menez-moi jusqu'à votre maître. Il n'est sûrement pas...

Un roulement de cailloux derrière moi m'interrompt. Je me redresse et, en me retournant, me retrouve face à un adolescent de quatorze ou quinze ans qui m'observe avec un regard rempli de haine.

Devant moi, il pointe le canon d'un fusil-mitrailleur.

Chapitre 5

Sous la menace du fusil

—Tu viens voler mes chèvres ?

Il parle anglais avec un accent épouvantable, mais je parviens à le comprendre. Il a de longs cheveux noirs, épais, très frisés, magnifiques, qui descendent jusqu'à la base de son cou et lui font comme un casque de laine. Son visage, plus brun que celui d'*ato* Eshetu, possède des traits typiquement africains remarquables par ses lèvres pleines, mais présente un nez étroit et un profil long qui me rappellent plutôt les Arabes. Un beau mélange de nations diverses.

– Moi ? Voler tes chèvres ? que je réplique. Pas du tout ! J'étais mort de soif.

L'adolescent pointe toujours l'œil noir de son canon sur moi.

– Alors, tu viens voler mon eau !

Je note que, pour tout vêtement, il porte une longue jupe faite d'un morceau de tissu aux motifs carrelés, nouée à la taille. Elle tombe jusque sur ses mollets. Sa poitrine nue est traversée par la ceinture d'une cartouchière qu'il porte à l'épaule et sur laquelle s'accroche aussi le fourreau d'un long poignard. Sur sa hanche, pend une gourde faite de peau d'animal, sans doute une chèvre. Le garçon est chaussé de sandales de cuir usé.

– Mais non, je ne volais pas ton eau non plus. J'ai seulement... D'accord, j'ai bu dans cette mare, mais je marche depuis si longtemps...

Sa colère paraît augmenter et il s'avance vers moi en m'empoignant d'une main à la gorge.

– Sale étranger ! Tu profitais du moment où j'étais à la chasse aux lézards pour prendre ce qui appartient à mon clan !

Puis, il me repousse, pas avec une si grande force, mais je suis tellement faible que je tombe et roule loin dans le sable.

En me relevant, je constate que l'expression de l'adolescent s'est un peu adoucie. Je pense qu'il vient de remarquer à quel point je suis à bout de forces. Ou peut-être se dit-il que ce n'est pas une grande gloire pour lui de s'en prendre à quelqu'un de beaucoup plus jeune et plus petit.

– Je m'appelle Ahmer, fait-il en mettant sa mitraillette en bandoulière, mais en continuant à me faire face, planté droit sur ses jambes, le regard menaçant. Dis-moi ce que tu fais près de mon puits et peut-être que je ne te tuerai pas.

En économisant mes mots, car même parler me demande trop d'énergie – depuis combien de temps n'ai-je pas mangé ? –, je raconte les événements qui m'ont conduit au voisinage de la mare.

Quand j'ai fini mon récit, ma vigueur est à sa limite et, sans vraiment m'en rendre compte, je me retrouve assis sur le derrière. Ahmer a toujours un regard sévère, quoique beaucoup moins agressif.

Mains sur les hanches, il se tourne à demi et, les lèvres pincées, pousse un puissant sifflement. J'entends un grognement bizarre, inconnu, comme un lavabo qui peinerait à se vider. Au-dessus de moi, apparaissent soudain la silhouette démesurée et les babines suintantes d'un chameau.

• • •

Ahmer m'aide à monter en croupe entre les deux bosses de son animal. Il se contente de tenir la bride et marche à côté. Les chèvres nous suivent en bêlant de temps à autre.

—Je croyais que tu cherchais à me voler, dit l'adolescent, alors j'étais disposé à te tuer. Maintenant que je sais que tu es ici contre ta volonté, tu es mon hôte. Et, à mes yeux, tu es sacré.

Je ressasse ses paroles en mangeant le bout de fromage qu'il m'a donné. Le goût est âcre, un peu rance, mais j'ai si faim...

– De quelle nation es-tu ? que je demande.

– Je suis Afar, répond Ahmer, l'un des rares peuples à avoir appris à maîtriser le Danakil et à vivre de ses maigres ressources.

– Mais pourquoi es-tu armé ? Ton peuple est en guerre ?

– En guerre ?

Il me regarde, une interrogation sincère dans le regard.

– En guerre ? répète-t-il. Pas du tout.

– Pourtant, ton couteau, ton fusil-mitrailleur…

Il hausse les épaules en se détournant.

– C'est seulement la tradition, dit-il.

Nous nous déplaçons un long moment avant que je me rende compte que, d'après la position du Soleil, nous n'allons plus du tout dans la direction de l'avion. Nous contournons même

59

Chapitre 6

La mer de sel

Dans cette étendue stérile sans un arbre, sans un brin d'herbe, nous avançons lentement, les chèvres toujours sur nos talons. Maintenant que je n'ai plus faim ni soif, étourdi de chaleur, je m'endors à demi, assis sur le chameau. Je rêve à maman et à papa qui doivent se ronger les sangs à mon sujet. Je rêve aussi à *ato* Eshetu et Tedeneke. Sont-ils toujours vivants ? La question me tue.

Je m'éveille quand, enfin, devant nous, apparaît une agglomération d'une dizaine de tentes en peaux de bêtes posées sur des structures de bois. Des femmes vêtues de longues robes colorées et coiffées de foulards s'affairent au milieu d'enfants déguenillés. Des hommes, vêtus d'une simple jupe comme Ahmer, et tous armés d'un fusil-mitrailleur qu'ils traînent en bandoulière et d'un gros poignard à la ceinture, s'activent autour d'une véritable caravane de chameaux.

– On prépare le sel pour le transporter à la ville à des centaines de kilomètres d'ici, me dit Ahmer en me désignant les milliers de blocs blancs auprès des bêtes.

Avec des hachettes ou même leur poignard, des hommes équarrissent les blocs de façon à les assembler l'un sur l'autre et à les lier ensemble. En m'apercevant, ils cessent leurs activités pour se rapprocher de moi. Peut-être à cause du premier accueil d'Ahmer, je crains une vague réaction hostile de leur part. Au contraire, on me reçoit avec une telle joie que j'en reste un peu étonné.

Ahmer échange quelques mots dans sa langue avec l'un des hommes qui s'est approché, puis, tandis que le chameau se couche par terre afin que je puisse descendre, l'un d'eux me dit dans son anglais approximatif :

– Bienvenue, bienvenue ! Je m'appelle Fantaye. Nous sommes contents de te voir.

– Vous... ? Ah ? C'est gentil. Je...

– Bienvenue. Suis-moi.

Et voilà l'homme qui part en direction de la tente la plus près. Je lance un regard interrogateur à Ahmer, mais celui-ci se contente de sourire. C'est la première fois que je vois ses dents.

Je ressens un frisson parcourir mon échine.

Elles sont limées en forme de crocs !

La pensée terrible qui me traverse alors l'esprit : suis-je tombé au milieu de cannibales ?

* * *

Dois-je fuir ? Alors, il faut m'indiquer comment, car j'ignore vraiment de quelle manière échapper à une tribu de cannibales armés de mitraillettes et montés sur des chameaux, tandis que je suis à moitié mort de fatigue et que je n'ai que mes petites jambes pour me faire traverser l'enfer du Danakil !

Je suis poussé, plus qu'invité, à pénétrer dans la tente du dénommé Fantaye.

Et là, je crois vraiment que je délire, que le soleil m'a tapé trop fort sur la tête, car ce que j'y découvre, c'est...

– Nicolas! Mon garçon! Comme je suis heureux de te retrouver sain et sauf!

– A... *ato* Eshetu?

Devant ma mine troublée, le gros homme éclate de rire. Deux femmes qui se trouvent près de lui, trois enfants, Fantaye et Ahmer l'imitent. Plusieurs affichent des crocs. Et le patron de mon père ne semble pas avoir peur de se faire manger.

Il est étendu sur un lit tressé de lanières de peau, le dos appuyé contre des couvertures roulées en guise de coussins.

– Comment êtes-vous arrivé ici, monsieur Eshetu ? que je demande, confus.

Le gros homme indique Fantaye de la main.

– C'est ce brave garçon qui, il y a deux jours, a aperçu l'explosion de notre avion. Avec trois de ses compagnons, ils ramenaient des chameaux au village. Ils ont accouru et nous ont trouvés, Tedeneke et moi. D'ailleurs, tu arrives juste à temps.

« À temps pour servir de repas ? », me dis-je non sans réprimer un frisson.

– À... à temps pour quoi, monsieur ?

– Mais pour le réveil de notre ami, regarde.

Cette fois, il me désigne un coin éloigné de la tente où s'agite une masse de couvertures que je n'avais pas vues. J'y aperçois le visage du pilote qui nous regarde, hébété.

– Les bons soins de nos hôtes ont permis de le soigner tout à fait. Il sort enfin du coma.

– Que... qu'est-ce qui s'est passé ? balbutie Tedeneke en fixant son regard sur chacun de nous.

Tout le monde éclate de rire de nouveau, plus de soulagement peut-être que de véritable amusement.

Ato Eshetu glousse de si bon cœur que je finis par me demander si je suis le seul ici à avoir remarqué les crocs qui nous entourent.

Épilogue

– Et vous n'avez pas appelé les secours ? s'étonne Tedeneke, une fois qu'*ato* Eshetu et moi lui ayons raconté les raisons de notre présence parmi les Afars.

– Comment voulais-tu qu'on appelle, espèce de rigolo ? réplique son dirigeant. La radio, mon téléphone, tout a disparu dans l'explosion.

– Et mon cellulaire ?

– Quel cellulaire ?

– Ben, celui-ci !

Tedeneke tire de la poche de son pantalon un petit objet noir lustré. *Ato* Eshetu et moi échangeons un regard interloqué. En aucun moment, il ne nous est venu à l'esprit de vérifier si le pilote avait un téléphone sur lui.

– Et... et il fonctionne ? que je demande. Vous recevez un signal ?

Tedeneke allume l'appareil d'un simple mouvement du pouce. L'écran s'illumine et nous entendons quelques *bips,* ce qui ne manque pas de fasciner les enfants autour de nous.

– Eh bien oui ! répond Tedeneke. Le signal est parfaitement clair, car c'est un téléphone satellite portable. Et, à ma connaissance, les réseaux satellites couvrent toute la planète, même ce fichu désert du Danakil.

Ato Eshetu et moi affichons la même expression hébétée. Le gros homme hoche un peu la tête et me dit, en guise d'excuse :

– C'est vrai, les satellites couvrent toute la planète. C'est ça aussi, l'Afrique.

• • •

Je redonne son cellulaire à Tedeneke.

Je rougis un peu, car je crois que les cris de joie de maman s'entendaient, non seulement dans la tente, mais dans tout le village. Il paraît que les équipes de secours nous recherchaient beaucoup plus au sud. Allez savoir pourquoi.

C'est ça, l'Afrique, doit sans doute penser *ato* Eshetu.

– Les dents ? s'étonne Ahmer après que je lui ai posé une question sur leur forme étrange. Mais je les ai limées pour la beauté ! Tout le monde ici trouve que c'est beaucoup plus joli ainsi.

Et il tapote ses crocs du bout du doigt.

– Pas toi ? s'informe-t-il.

– Euh... Ce n'est pas une tradition dans mon pays, dis-je. On dirait plutôt que... que tu t'apprêtes à mordre quelqu'un.

Il se met à rire et je ne peux m'em-
pêcher de continuer à fixer ses ivoires
bien affilés.

– Comment savais-tu que mes deux
amis se trouvaient dans ton village ?
que je demande pour changer de
sujet.

– Je ne le savais pas, répond-il. Je
voulais qu'on passe d'abord par le village
pour ramener mes chèvres et pour
prévenir mes parents. C'est Fantaye qui
m'a mis au courant. Heureusement,
sinon on se serait rendus à l'avion
pour rien.

Il fait glisser son fusil qu'il tient en
bandoulière et, canon vers le sol, en-
clenche le mécanisme qui permet de
dégager la culasse. Il en retire une
longue cartouche au profil meurtrier.

– Prends ça, dit-il en me tendant le
projectile.

Je l'accepte du bout des doigts en répliquant :

– Merci. Mais pourquoi m'offres-tu ce... cette... ?

– C'est la balle que j'ai failli tirer sur toi lorsque j'ai cru que tu volais mes chèvres. Garde-la dans la poche de ta chemise, là, sur ton cœur.

– En souvenir de notre amitié ?

– En souvenir du fait qu'elle a failli se trouver, non pas sur ton cœur, mais *dans* ton cœur !

Camille Bouchard

Né à Forestville, Camille Bouchard se consacre à ses deux grandes passions, l'écriture et le voyage. Dans sa vie de globe-trotter, il a visité de nombreux pays en Asie, en Afrique et en Amérique du Sud. Voyageur infatigable, Camille a exploré des sites légendaires et a dormi à la belle étoile dans la jungle, dans le désert ou au sommet des montagnes. Il a gravi des pyramides, assisté à des rites sacrés et croisé des hyènes et des serpents à sonnettes. Autant d'expériences et de souvenirs extraordinaires qui l'inspirent pour imaginer les aventures de Nicolas...

Visite notre site Internet pour en savoir plus sur nos auteurs, nos illustrateurs et nos collections : **dominiqueetcompagnie.com**

Du même auteur
Dans la collection Roman noir
(Série *Les voyages de Nicolas*)
Danger en Thaïlande
Horreur en Égypte
Complot en Espagne
Pirates en Somalie
Trafic au Burkina Faso
Catastrophe en Guadeloupe
Terreur en Bolivie
Dans la collection Roman rouge
Des étoiles sur notre maison
Sceau d'argent du prix du livre
M. Christie 2004
Lune de miel
Les magiciens de l'arc-en-ciel
Flocons d'étoiles
Le soleil frileux
Dans la collection Roman bleu
Derrière le mur
Lauréat du prix littéraire du
Festival du livre jeunesse de
Saint-Martin-de-Crau (France), 2006
Le parfum des filles
Dans la collection Grand Roman
Le rôdeur du lac

Dans la même collection

Niveau 3, dès 10 ans • • •
Une terrifiante histoire de cœur
Première position du Palmarès
Communication-Jeunesse des livres
préférés des jeunes 2008-2009
(catégorie Livromanie 9-11 ans)
Carole Tremblay

Achevé d'imprimer en décembre 2010
sur les presses de Imprimerie L'Empreinte inc.
à Saint-Laurent (Québec) – 80400